D13785596

Título del original alemán: *Ein Jahr mit den Störchen*
Traducción de Juan Manuel Miera

Printed in Spain: Grafo, S. A.
ISBN: 978-84-944295-8-3
Depósito legal: S.83-2016
www.loguezediciones.es

Thomas Müller

# Un año con las cigüeñas

Lóguez

A comienzos del mes de marzo, ya se nota la primavera. ¡Y han regresado las cigüeñas! El macho volvió de África hace unas semanas y ha tomado posesión de su viejo nido sobre el tejado del pajar. Ahora llega también la cigüeña hembra. La pareja se saluda con un alto crotorar de sus picos.

Ambos se ponen a reparar el nido. Pocos días después, la cigüeña hembra se encuentra posada sobre tres huevos.
Los dos se turnan empollándolos, manteniéndolos calientes.
El imponente nido sobresale como una fortaleza inexpugnable sobre la granja, expuesto a la lluvia y al frío.

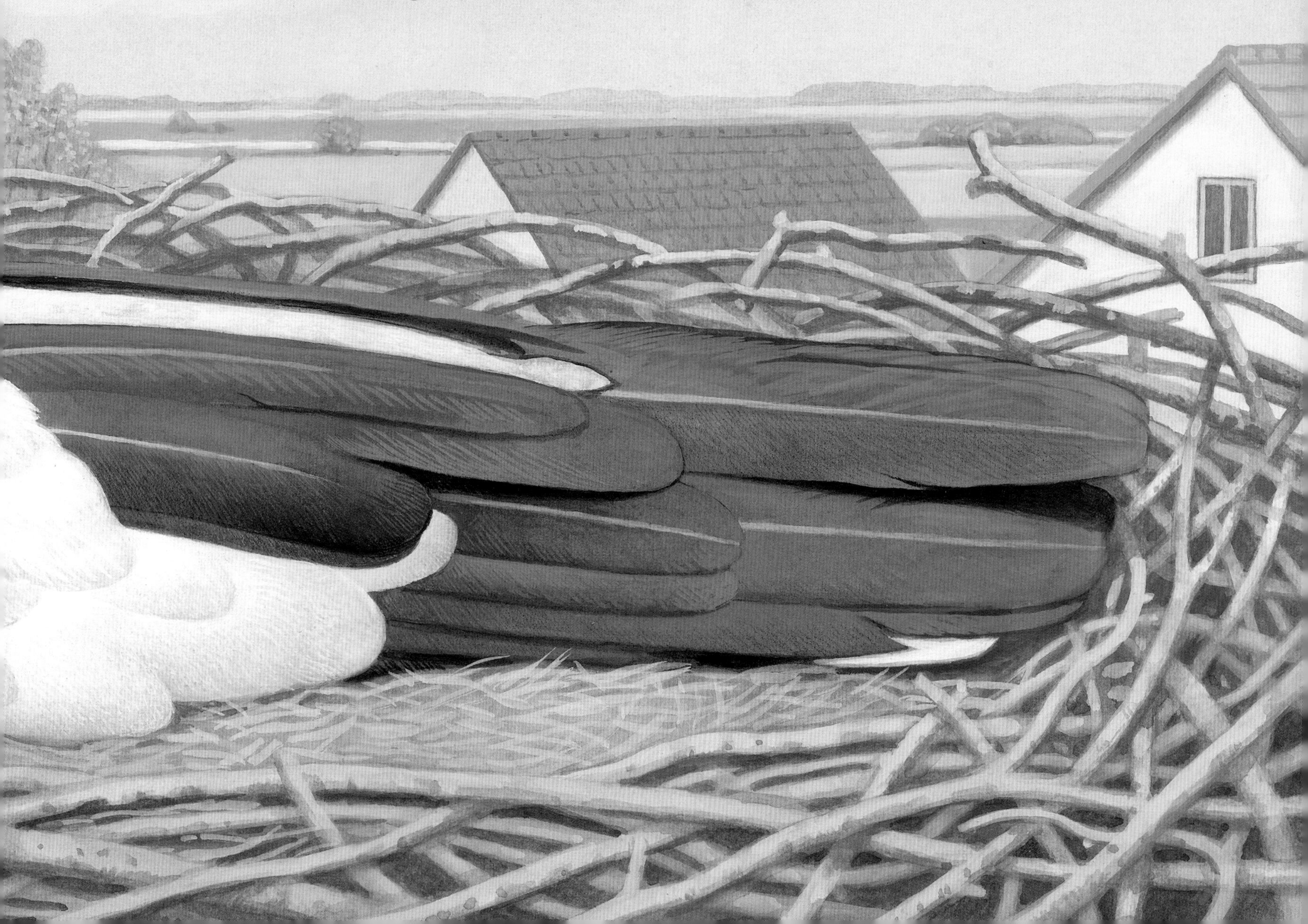

A los treinta días, las crías de cigüeña salen
de los huevos y comienza un ajetreado tiempo
para los padres. En la bolsa de su cuello, van
almacenando lombrices de tierra, insectos y renacuajos,
con los que alimentan a sus hijos en los primeros días.

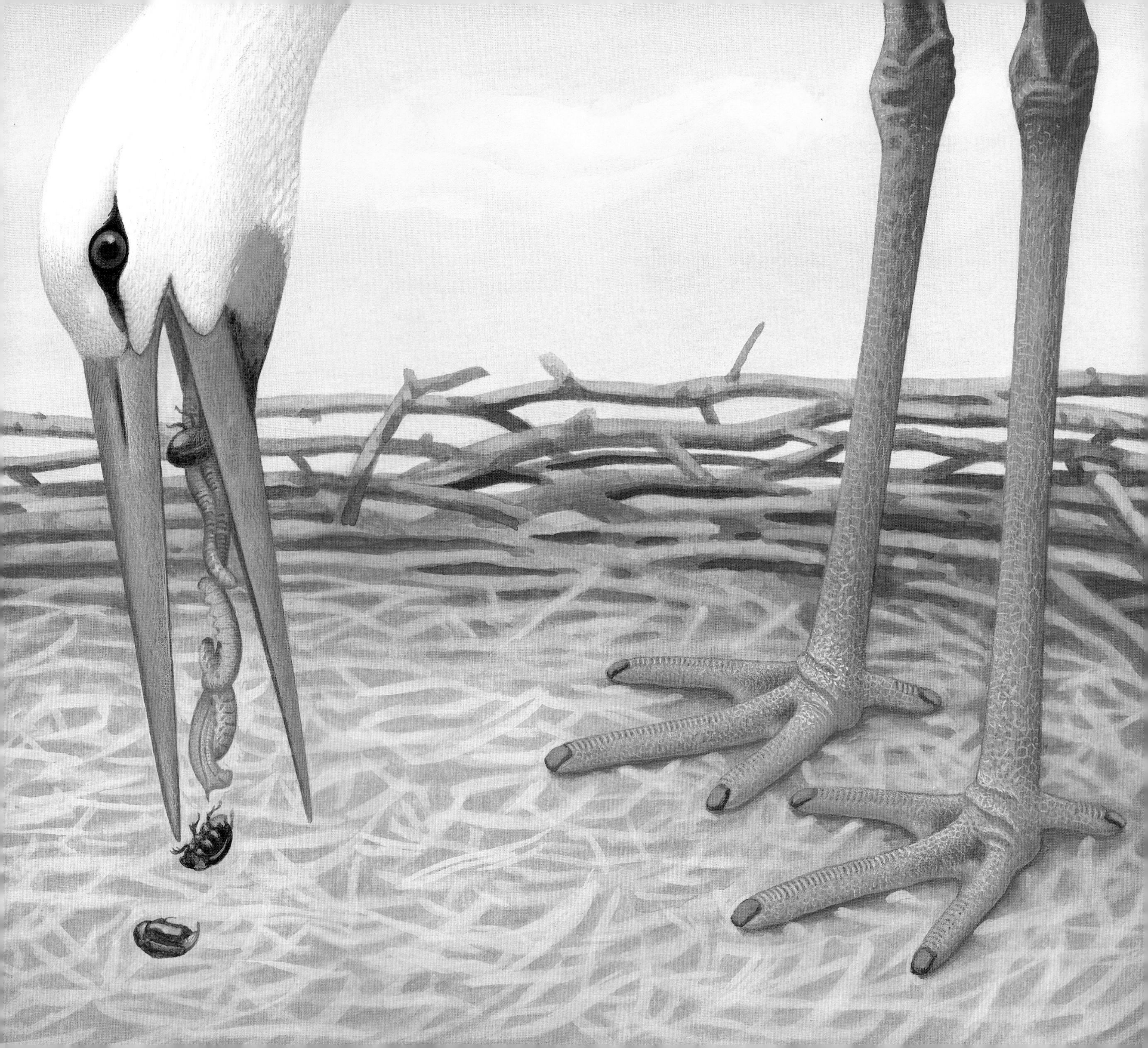

Uno de los padres se queda siempre en el nido
porque, en las primeras semanas, los cigoñinos
están expuestos a muchos peligros.
Hambrientas aves de rapiña
esperan un momento de descuido. También
los rayos de sol demasiado calurosos o fuertes
lluvias pueden hacer daño a las crías. Sin
embargo, las alas extendidas de los padres
les ofrecen una protección segura.

Pasadas unas semanas, la joven familia de cigüeñas tiene visita. Un ornitólogo, con ayuda de una grúa, alcanza el nido para anillar a las jóvenes cigüeñas. Esos anillos, que llevarán toda su vida, podrán más tarde dar información sobre los caminos que recorren en su migración. Como ante cualquier peligro, los ocupantes del nido se quedan paralizados por el temor. Se hacen los muertos. Así, el ornitólogo consigue realizar enseguida su trabajo.

Las crías de cigüeña crecen rápidamente y, al poco tiempo, pueden quedarse solas en el nido. Los padres traen ratones, topos, ranas, grandes insectos e incluso serpientes y lagartos para calmar el enorme apetito de sus hijos.
Las crías son casi adultas y comienzan con las prácticas de vuelo.
Inicialmente, mantienen las patas sobre el nido sujetándose con fuerza.
Pero, muy pronto, se elevan suspendiéndose sobre él.

Finalmente, llega el día en el que las jóvenes cigüeñas abandonan el seguro nido. Inicialmente inseguras, en poco tiempo desarrollarán sus artes de volar. Después de sesenta días en el nido, inspeccionan los alrededores y aprenden a cazar ratones de campo y ranas.

A mediados de agosto, el verano se inclina lentamente hacia su fin. Las cigüeñas se reúnen para partir hacia sus cuarteles de invierno. Las jóvenes cigüeñas son las primeras en iniciar el viaje. Siguiendo su innato sentido de la orientación, encuentran por sí mismas el camino hacia África. Unos días más tarde, las cigüeñas de más edad emprenden también el viaje.

En su vuelo, en dirección al sur, las cigüeñas se van reuniendo en grupos cada vez más numerosos. Frecuentemente, hacen paradas para descansar e ingerir alimentos.

Las cigüeñas aprovechan las corrientes de aire caliente para dejarse llevar hacia lo alto volando en círculos y para planear después durante largos tramos hacia su meta. Sobre Gibraltar, el pico más al sur de Europa, los pájaros se arremolinan hacia lo alto del cielo y atraviesan el estrecho marítimo en dirección a África.

Hasta hoy, no se sabe exactamente cómo encuentran las cigüeñas su camino. Parece ser que señales en el paisaje, como lagos o autopistas, la dirección del viento y el campo magnético de la Tierra tienen una importancia determinante. Después de muchas semanas de un viaje agotador y peligroso, las cigüeñas alcanzan finalmente su segunda patria en África.

Mientras transcurre el invierno en Europa, las cigüeñas viven en el calor de África. Buscan, en la cercanía de rebaños de ganado, pequeños animales y encuentran un abundante botín en las plagas de saltamontes.

La frecuencia de incendios en la selva supone la
muerte de pequeños animales, ofreciendo
a las cigüeñas una mesa bien servida y abundante.
Siguiendo el fuego, buscan serpientes, lagartos
y pequeños mamíferos muertos en el quemado suelo.

En diciembre, se apodera de las cigüeñas un creciente nerviosismo. Nuevamente, se reúnen para partir. Esta vez, en dirección norte. Sin embargo, únicamente las cigüeñas mayores partirán. Las jóvenes se quedarán cuatro años en África. Solamente cuando son adultas y tienen suficiente edad para construir un nido, será cuando vuelen de regreso a Europa.

A finales de febrero o principios de marzo, las primeras cigüeñas llegan de nuevo a sus lugares de anidación, aterrizan en sus nidos y se familiarizan con su antiguo entorno. No solamente ha llegado, por fin, la primavera. ¡También las cigüeñas están de nuevo con nosotros!

# De interés

La CIGÜEÑA BLANCA, o comúnmente cigüeña, es un ave inconfundible por su plumaje blanquinegro, su pico rojo y rojas patas. A simple vista, los machos y las hembras no se diferencian. Como una consecuencia cultural, la cigüeña está unida estrechamente a nosotros, las personas. Construye su nido en los tejados de edificios, torres de iglesias, chimeneas y postes de alta tensión. Ese nido es utilizado frecuentemente por la pareja de cigüeñas durante muchos años. Las cigüeñas son aves migratorias y, dos veces al año, recorren enormes distancias —hasta 10.000 km.
Las "cigüeñas orientales" vuelan, rodeando el Mar Mediterráneo y sobrevolando Turquía, el Bósforo, Israel y Egipto, hacia Tanzania y Sudáfrica.
Las "cigüeñas occidentales" vuelan sobre España, Portugal, Gibraltar y Marruecos en dirección a África Occidental. Su larga ruta de migración está llena de peligros. Son cazadas, desaparecen los lugares donde descansar y alimentarse y hay infinidad de fuentes de accidentes como tendidos eléctricos y las aspas de los molinos de viento. Además, cada vez encuentran menos alimentos debido a que muchos humedales se han secado y apenas quedan ratones de campo o ranas en las praderas junto a los campos de cultivo de la agricultura moderna, lo que ha provocado una fuerte reducción en el número de cigüeñas. Solamente a finales de los años ochenta se consiguió detener la constante reducción del número de cigüeñas.

La CIGÜEÑA NEGRA vive espantadiza y apartada en viejos, extensos bosques con charcas y regatos. Aquí, y en los cercanos humedales, captura peces y batracios, entre los que se encuentran ranas y salamandras. La cigüeña negra emigra también, aproximadamente un mes más tarde que la cigüeña blanca, a sus cuarteles de invierno en África. Desde hace unos años, afortunadamente, ha aumentado el número de cigüeñas negras en Europa.

La GARZA REAL y la GRULLA, dos grandes y esbeltas aves, mantienen una forma de vida parecida a la de la cigüeña.

A diferencia de la cigüeña, la GARZA REAL, con el cuello en forma de S pronunciada, vuela con el cuello encogido. Las garzas pescadoras no solamente acechan inmóviles en el agua a peces y batracios. También cazan ratones en los campos.

La GRULLA anida en el suelo, oculta entre cañas o en terrenos pantanosos. No solamente su aspecto llama la atención sino también su vuelo en grupo formando una cuña. Durante el vuelo, pueden oírse sus llamadas como lejanos sonidos de trompeta. Su cuartel de invierno se encuentra así mismo en África.